KB003265

들꽃은 변방에 핀다

들꽃은 변방에 핀다

박준수 시집

문학들

시인의 말

이순耳順을 맞아 여섯 번째 시집을 상재합니다. 누구에게나 60세는 인생에서 가장 큰 변곡점입니다. 한 사람이 사회인으로서 왕성하게 살아온 여정의 끝자락이자 새로운 인생 2막이 시작되는 점이지대이기 때문입니다. 그래서 그간 살아온 발자취를 되돌아보고 평가할 수 있는 뷰 포인트(view point)라 할 수 있습니다.

문학 역시 이순에 이르면 뚜렷한 지형이 드러납니다. 인생 경험의 깊이와 함께 시작 활동의 연륜으로 언어의 빛깔과 결이 우러나옵니다.

이런 점에서 이번 여섯 번째 시집은 개인사적으로나 문학적으로 이정표와 같다고 할 수 있습니다.

이번 시집에 수록된 작품들은 제5시집 『푸른길 주점』 이후 4년 동안 틈틈이 쓴 90여 편 가운데 60여 편을 골라서 묶은 것들입니다. 바쁜 신문사 생활 중에 90편 가량을 썼으니 다작이라 할 수 있겠습니다. 다작인 만큼 시상이 충분히 녹아들지 못하고 언어의 극적인 힘을 살려 내지 못한 구석이 적지 않다고 고백합니다.

그럼에도 인생 60을 맞는 시점에서 문학을 갈무리하는 작업은 개인적으로 나름 의미를 갖는다고 생각합니다.

이번 시집에는 야생의 이미지와 시간의 체취를 많이 담고자 했습니다. 시간은 흐르면서 많은 것들의 원형을 변화시킵니다. 반면 야생은 시간이 지날수록 더욱 질긴 생명력과 강렬한 향기를 뿜어냅니다. 이는 또한 제가 살아온 날들을 함축하고 있습니다. 저는 숙명적으로 제도권 밖에서 이방인의 삶을 짧지 않게 살아왔습니다. 이러한 뜻에서 '들꽃은 변방에 핀다'는 시집 표제를 이끌어 냈습니다.

시는 상처 입은 깃발의 노래라 할 수 있습니다. 특히 현대인들의 삶은 부대낌의 연속입니다. 그런 각박함을 조금이나마 치유하고 위로받을 수 있는 게 시 쓰기가 아닐까 합니다. 스스로가 위로받기 위해서는 자기감정을 투명하게 바라볼 줄 알아야 합니다. 일상에서 찢긴 마음을 들꽃의 언어로 어루만져 보고자 감히 이 시집을 세상에 내놓습니다.

2020년 가을 금당산 아래에서

박준수

차례

제2부

제3부

제4부

제1부

내 마음의 서書

칼끝 서늘함으로 마음을 모은다
촛불을 켜 놓고 가느란 심지를 사르며

빛 새어 드는 틈새 깃털로 막아
피맺힌 울음을 가두어 두고
매섭게 나를 내리친다

산을 짊어져도 무겁지 않고
바다가 갈라져도 두렵지 않구나

백 년을 기다려 꽃을 피우는 대나무처럼
향 맑은 대청마루 초롱한 별빛처럼
오로지 내 마음의 서書, 일필휘지로 써 본다.

들꽃은 변방에 핀다

변방으로 오라
들꽃은 변방에 피어난다
바람에 흔들리는 너의 마음 따라
변방은 들꽃이 무더기로 피는 곳
거기에는 내 마음을 훔쳤던 오랑캐꽃
가난한 어머니의 눈물이 어린 찔레꽃
혹여는 동학군처럼 흰머리 풀고 넘실대는 갈대숲
민초들의 억척스런 삶이 넝쿨처럼 뒤엉켜
들꽃으로 피는 곳
가을 들판에 홀로이 서면
변방으로 오라
흰 눈이 내리기 전
꽃들이 진 남도 땅에 육자배기 흐르는
질펀한 흙바람 맞으며
늙은 느티나무 노을에 불타는
변방으로 오라.

후회

대지에 떨어진 꽃잎을 보고서야
봄이 찾아왔음을 알았다
나뭇가지에 눈꽃이 피는 것을 보고서야
지나온 길이 꽃길이었다는 걸 알았다
겨울 간이역에서 그녀가 오기를 기다리다
산모퉁이 너머로 멀어지는 기적 소리를 들었다
그녀는 보이지 않고 기차는 떠나갔다
땅바닥에 내려앉은 양철 지붕을 보고서야
철거민이라는 걸 알았다
거울에 비친 흰 머리카락을 보고서야
내게 청춘이 머물다 갔다는 걸 알았다
그렇게 내 인생은 느리게 흐르는 강가에서
노을에 젖은 갈대처럼 서걱거리고 있었다.

찢어진 우산

길을 가다가
나 홀로
길을 가다가
숲을 만나 쉬고 싶었다
들꽃을 만나 이야기하고 싶었다
한참 가다가
돌부리에 넘어져 무릎이 깨졌다
다시 일어나
절뚝거리며 걷다가
소나기를 만났다
옷이 흠뻑 젖은 채로
옛 애인을 만났다
요즘 어떻게 지내냐고 그녀가 환하게 웃으며 물었다
나는 아무 말도 못하고
절뚝거리며
오던 길을 되돌아갔다
저만치 아내가 오고 있었다
찢어진 우산을 들고

물끄러미 나를 지켜보고 있었다.

봄의 불길에 눈물을 사르고

봄,
황달 환자처럼 외로움을 달이던
너는 눈물이었다
겨우내 칼바람 맞으며
매화나무 가지마다
붉게 움튼 피톨
강가 언덕에
개나리 금싸라기 퍼부어 놓고
산기슭마다 진달래 불 지펴 놓고
내 마음 한구석 괸 슬픔을 사르던
너는 촛불이었다.

빈방

세월이 지나간 자리에 빈방 하나
아이들 웃음소리 맴돌던 그곳에는
허물처럼 남겨진 액자 속 오래된 사진
유년의 해맑음이 애틋한데
책상 위 낡은 책꽂이 두리번거리다
지문처럼 남은 손때 묻은 갈피 들추면
드라이플라워인 양 바스락거리는 그 시절
젖은 가슴으로 잃어버린 향기를 찾아
가만히 귀 대어 듣는 솔베이지의 노래
나 홀로 성소에서 고해성사 같은 기도,
정 품은 추억들이 아스라이 눈물지는
비밀의 방.

겨울 묵시록

눈보라 속을 걸어 보지 않고서는
겨울을 이야기하지 말자
걷다가 넘어져 눈 더미에 무릎을 꿇어 보지 않고서는
겨울을 이야기하지 말자
참나무 등걸처럼 갈라진 손등으로 눈을 헤치며
세상 밖으로 길을 내 보지 않은 사람은
아직 겨울을 나지 않은 사람이다
그녀가 떠난 희미한 발자국을 더듬어
비탈진 눈길을 헤매다 어느 마을 불빛에 젖어
눈물을 닦아 보지 않은 사람은
아직 사랑이 여물지 않은 사람이다
겨울날 어머니의 상여 행렬을 따라가다
눈보라에 가슴속 명치끝이 쩡쩡 울리는
얼음장 같은 설움을 부여안고
겨울 언덕을 넘어 보지 않은 사람은
새하얀 눈의 소복을 입어 보지 못한 사람이다
문풍지를 뚫고 달려드는 칼바람을 맞으며
녹슨 펜으로 꾹꾹 억누른 마음을 한 자 한 자

마분지 위에 적어 보지 못한 사람은
겨울밤을 아직 다 지새우지 못한 사람이다.

가을

여름의 화덕에서 갓 구워져 나온
가을,
남도의 대지는 빵 굽는 냄새로
향긋하다.

네모반듯한 비스킷처럼 노릇노릇
익어 가는 황금 들판
해바라기 씨가 속삭이는 밀어를 듣느라
바람이 허수아비의 귀를 붙잡는다.

먼 옛날 소녀를 만나러
자전거를 타고 내달렸던
저수지 너머 밀밭 사잇길

오늘따라
문전성시를 이루는 고향 마을
가을의 문을 열고 들어가

산꼭대기 파란 하늘을 한입 물면
가슴 한편 뭉게구름 피어나는 추억이
팥 앙금처럼 달콤하다.

열대야

지평선 너머 저만치 다가오고 있는
어둠의 파문을 이 세상 누가 본 적이 있을까
열대야에 잠 못 이뤄 새벽까지 뒤척이다가
밀물 드는 어둠의 발자국 소리를 엿들었다
여태껏 어둠은 일순간에 드리워진
지구의 그림자라고 생각했다
낮의 쪽문이 닫히는 시간에 커튼이 스르르 내려와
컴컴한 세상이 되는 줄로만 알았다
한 겹 한 겹 갈피를 이루며
허공에 스며드는 어둠의 물결
아주 멀리서 들려오는 메아리처럼
가슴을 파고드는 적막감
눈에 익숙한 것들이 등을 돌려 낯설어지는 밤에
낮의 흔적들이 둥둥 떠다니고
기적 소리가 별똥처럼 귓가에 파문 짓는다
겹겹이 주름진 어둠을 바라보며
저 깊은 심연에 누워 있는 나는 또 누구인가?

기다림 혹은 그리움

기다림이 살랑거리는 봄이라면
그리움은 눈발 날리는 겨울
기다림이 오색 수채화라면
그리움은 흑백의 판화
기다림은 담벼락에 기대인 긴 그림자
그리움은 호수에 떠오른 달빛
바위 틈새에 핀 달개비꽃처럼
기다림 틈새로 고개 내민 그리움
기다림 혹은 그리움은 어디서 오는 걸까
가을 숲에서 불어오는 걸까
해변의 파도가 몰고 오는 걸까
내 마음 저편 희미하게 번져 오는
기다림 혹은 그리움
기다림이 깊어지면 그리움이 된다.

저무는 시간 너머로

저무는 시간 너머로
내가 걸어왔던 길이 바닷가 모래톱처럼 지워지고
그리운 이름들은 들꽃처럼 시들어
이제 폭풍이 지나는 언덕에 풀씨와 함께
홑겹 추운 날에 방황의 긴 여정을 준비한다
따뜻한 악수를 뒤로한 채
일상의 굴레를 일탈해 낯선 풍경을 향해 가는
선선한 바람결
마로니에 낙엽이 되어 늙은 시인의 시집 책갈피에
잠시나마 머물렀던 숙고의 시간
그 흔적은 활자만큼 오래 그대를 기억하지 못하고
울컥 가슴을 스치고 사라지겠지
오래전 부쳤던 편지를 꺼내 읽으며
희미해진 추억을 회상하는 깊은 밤
R. M.릴케의 시집과 책상 밑 먼지 자욱한 빛바랜 낙서장
저무는 시간 너머로 부조처럼 서 있는 너의 그림자
아득히 들려오는 종소리, 그 비밀스런 번뇌의 시간 너
머로

쇠북 소리에 귀가 먼다.

매물도 갈매기

섬은
바다 한가운데 떠 있는
쉼표

거제도는 큰 쉼표
매물도는 작은 쉼표
큰 쉼표에서 작은 쉼표로 가는

여객선이
푸른 원고지 위에
길게 시를 써 내려간다

갈매기들이
한 줄 두 줄 따라 읽다가
줄을 바꾸는 사이
파도가 지우는 바람에
그만 나머지 문장을 놓치고 말았다

포말로 흩어진 미완의 시
다시 되돌려 읽을 수 없는
상형문자 바라보며
간신히 쉼표 하나 붙들고 있는
매물도 갈매기

끼룩 끼루룩
잃어버린 문장이 떠오르기를
푸른 바다 바라보며 하염없이
기다리고 있다.

산

산은 빈 그림자를 안고
제 홀로 밤을 지새운다

달빛 전설을 계곡에 흘려보내고
부엉이 울음소리에 바위 귀를 세운다

먼동이 트는 걸
푸른 가슴으로 깨치며

오늘도 변함없이
사람 사는 마을에 흰 길을 연다.

제2부

초원파크

양동 발산마을 비탈진 골목길을 오르면
오래된 느티나무처럼 푸른 초원파크가 서 있다
중년이 되어 다시 찾은 언덕에는
아득한 유년 시절 추억이
노란 장다리꽃으로 피어 하늘거린다
저만치 광주천 여울이 흐르고,
고개를 들면 무등산이 이마 가까이 성큼 와닿는
키다리 아파트에는
신혼의 단꿈이 흰 구름 두둥실 떠돌던
방 한 칸이 있다
서른세 살이던 내가 야망을 키우고
큰딸이 새 생명을 얻은 그곳
30년 세월이 흐른 지금, 마을은 낡은 허물을 벗고
'청춘 발산'으로 새 옷을 갈아입었다
그래도 골목길은 여전히 정겨운 흙 내음
주름진 얼굴에 번지는 환한 웃음꽃
담장 밑 키 작은 들풀처럼 수줍게 반기네
민들레 닮은 아내 손잡고 고샅길 거닐며
젊은 날 그리운 추억을 산책해 보련다.

발산마을*의 봄

1.

스님의 바리때를 엎어 놓은 듯 둥근 마을

발산鉢山에 가 보았나요

산머리에 화관처럼 앉은 과수원에 매화 한 그루

시절을 아는 듯 모르는 듯 꽃망울 옷고름을 푸네요

산비탈 길을 따라 신우대 밭에 잠든 고양이

바람난 봄바람이 슬쩍 건드리는데

실실 풀린 햇살이 아는 듯 모르는 듯 배시시 웃네요

아무도 살지 않는 옛집 앞마당은

빛바랜 고지서들이 주인을 기다리고

빈방 벽면에는 묵은 달력이 지나간 날들을 추억하네요.

2.

처마가 층층이 어깨를 낮추어 풍경을 공유하는

발산鉢山에 가 보았나요

사람들은 날마다 하늘 정원을 바라보며 꿈을 꾸지요

꿈틀대는 광주천 그 위로 뽕뽕다리의 아련한 전설,

방직공장이 옛 영화榮華를 드리우고
실을 뽑고 옷감을 짰던 십 대 소녀들은 지금쯤
어디에서 이 봄을 맞고 있을까요
도시는 나이테처럼 자꾸 몸집이 커 가는데
이곳은 예전 그대로 달동네 모습
여전히 꽃샘추위가 문밖에 서성거려요.

3.
텃밭에 봄이 파릇파릇 기지개 켜는
발산鉢山에 가 보았나요
비밀의 화원이 열리듯 생명이 움트는 소리
골목마다 청년들이 들어와 희망의 집을 짓고
예술가들이 영감을 얻어 작품이 탄생하는 창작마을
일본 요코하마의 코가네쵸처럼,
싱가포르 TVA처럼,
사람의 온기와 예술의 향기가
날숨과 들숨으로 만나는 순수의 고향

광주의 산업화를 온몸으로 껴안은
그 언덕에 올라 봄의 숨결을 느껴 보아요.

* 발산마을은 광주 서구 양3동(천변좌로 12~16) 광주천에 인접한 고지대 서민주택가로 1960~1970년대 방직공장 여공들이 집단으로 거주했던 달동네이다. 지금은 마을 원형을 유지하면서 예술과 접목한 도시재생사업들이 결실을 맺어 새로운 활력을 되찾고 있다.

몸살감기

몸살감기로 몸져누운 계절에
허수아비 헐거운 들판을 휘적휘적
걸어가는 안개비,
아득한 지평선 너머
뼈 마디마디 사이에 옛 추억이 시려 온다
삶이 시퍼렇게 눈앞에 용솟음치고
행복이 몽실몽실 피어오르는 날
살며시 다가와 있는 안개의 늪
어머니가 응급실에 창백하게 누워 있던 날
새벽녘 시장을 나서는 뒷모습을 보고 '엄마~'하고 불렀
을 때
듣지 못하고 총총히 멀어져 가던 양동 발산 비탈길
가을비가 뼈마디 사이에서
묵은 기억들을 깨우고
삶의 생채기들을 질펀하게 흔들어 놓을 때
어머니의 희미한 뒷모습을 향해
다시 한 번 '엄마~'하고 불러 보고 싶다.

귀가歸家

높은 언덕에
낮게 웅크린 토막집
시린 옆구리 뚫고 겨울 눈보라가 밀려온다
녹슨 철문 열려 있는 빈집 마당
인적 없는 쪽방 낡은 창문 넘어
길 잃은 눈송이 몇 점 허공을 맴돌다가
길손인 양 기척을 낸다
한겨울
시오 리 길을 걸어온 집배원
문패 이름 희미한 앞마당에 고지서 놓고
사라지는 등 뒤로 누군가의 눈물
뜨뜻한 아랫목에 엉덩이 붙였던
비누 공장 큰애기들
세월 따라 떠난 빈자리에
내력 모른 채 서서 기다리는 동백 한 그루
햇살 한 줌 돌아오는 골목길 어귀
봄이 오는 발자국 소릴 듣고 있을 터
오랜 기다림이 환하게 꽃이 되어.

삼월의 편지

삼월 바람이 분다
바람 부는 날 구름은 서쪽에서 동쪽으로 떠간다
다리 아래 강물은 동쪽에서 서쪽으로 흐르고
언덕 위에는 어느새 제비가 날고
허리 가는 노란 장다리꽃이
마중 나온 듯 고개를 높이 쳐들고 있다
누군가의 소식을 가득 담은 우편배달부는
다리 위를 지나 언덕 아래 마을로 간다
아직 겨울 끝자락은 나뭇가지에 머물러
궁핍한 마을은 바람도 배가 고프다
우편배달부가 우물가 아가씨들에게
편지를 전해 주고 골목길로 사라져 간다
편지에는 어떤 사연이 담겼을까
손 시린 글씨에 봄바람은 살랑거리고
집 마당에 꽃잎이 움트는 숨소리
졸고 있던 고양이가 길게 하품을 한다.

옛집
– 발산마을 박물관

광주천 뚝방 밑 골목길 어귀

백 년 된 느티나무 아래

홑겹으로 주름진 작은 흙집이 정겹다

초가지붕 위에 간신히 기와를 얹은 듯

호롱불이 어른거리던 창호지 너머

가난하게 살아온 내력이

벽지에 그을음으로 남아 있다

아궁이 군불에 피어나는 따스한 밥 냄새

모락모락 연기처럼 번져 가던 흙집의 세월

모진 겨우살이

낮게 핀 민들레꽃처럼 눈앞에 어른거린다

그 시절 그리움의 뿌리를 아랫목에 묻어 두고

머언 시간 머물다 간 흔적이

발산마을 박물관으로 변했네.

개망초

부모님 잠드신 언덕에 보초를 서듯
풀숲 사이 여기저기 목을 내미는 개망초
별들이 쏟아진 듯 우수수 솟아
노란 꽃술에 하얀 꽃잎 펼치고 있다

바람이 불 때마다 귀를 열어
누군가의 발자국 소리 기다리다
수런거림이 나는 곳을 향해
가만가만 다가가는 몸짓,

화순 춘양 산중 깊은 계곡에
누가 무리 지어 개망초를 피웠을까
지상에 나온 망자의 혼이
자식들 보고 싶어 환생한 것일까

흐르는 유월의 녹음 위로
또 한 생을 부활한
영혼의 꽃, 개망초.

까마귀의 고향

까~악 까~악
이방의 언어로 노래하는
까마귀의 고향은 시베리아 아무르강
빗살무늬토기 굽던 머언 옛날부터
남쪽 나라 햇볕 그리워 겨울이면
수만 마리 떼 지어 한반도 비아 땅에 찾아왔네
어쩌면 이곳은 유랑의 땅
영산강 굽이굽이 흐르는 황톳빛 들판에
고구려 삼족오 신화는 눈발이 되어 점점이 휘날릴 때
유년 시절 미지의 흙 내음을 맡으러
시린 발자국 남겼네
삼한 땅, 머언 하늘을 가로질러
겨울 화선지를 검게 물들인 까마귀 떼
까~악 까~악
남으로 남으로 진군하는 수천 년의 항로
시나브로 문명의 물결에 타향으로 변해 버린 이곳에
옛 하늘은 그대로인데
그대를 반겨 줄 황톳빛 들판은 어디론가 사라지고

까~악 까~악 부르는 소리 귓전에 아련히
비아 땅에는 감꽃도, 배꽃도 피지 않고
회색 도시에 황사 바람만 나부끼고 있네
이제는 오지 않는 귀로歸路에서
귀 먼 실향민이 되어 까~악 까~악 환청에
빈 하늘 쳐다보네.

장인어른 떠나신 날

소리 없이 안개비가 4월 들판을 적시던 날
한 많은 세월이 홀연 강나루를 건너는 이승의 끝에
오래된 기억들을 꺼내어 추억으로 인화하는 원추리꽃
작은 몸속으로 밥 한 톨 넘기지 못하는
정지된 시간, 몸 밖으로 나와 안개비 따라
젖은 듯 젖지 않은 듯 살아온 인생
민들레 홀씨 되어 월출산 자락을 휘이휘이 둘러보고
빈소에 주름 잡힌 얼굴로 반기는 염화시중의 미소
쓰디쓴 세월을 태워 내는 향연은 회상처럼
제단 아래 아득히 고인 고요의 허공을 지나는데
지방에 쓰인 당신의 이름 석 자를 아시기나 할까
한평생 지상에 머물렀던 몸은 혼이 되어
봉분 속 외로운 섬처럼 저승의 시간을 기다리는가
이제 낮과 밤, 봄과 겨울은 이승의 시간일 뿐
저승의 달력은 당신만 알 뿐
제삿날이 살아 있는 사람들의 기약이 되리.

성못길

화순 춘양 대신리 산 언덕배기
선사시대 신석기인들이 다녔던 길
돌무덤이 마을을 이루고,
아버지, 어머니가 다녔던 길
금잔디 우거진 옛길 따라 걷는
성못길
산자락 언덕배기 밭이랑에
흙무덤이 뜨락을 이룬다
사람 그림자는 보이지 않고
홀로 마실 나온 동백꽃과 함께
무릎 꿇고 술 한 잔 올리고 절을 한다
듬성듬성 잔설이 지난 세월 추억을
희미하게 펼쳐 놓은 무덤가
비목처럼 서 있는 나무들 사이로
겨울 늙은 바람이 휙 마음을 긋고 간다.

고향 가는 길

어머니의 살 내음이 묻어나는 그리운 땅
고향 가는 길은 신행新行길처럼 마음이 설렌다
두 손에 선물 꾸러미 들고 아내와 아이들 손잡고
기차와 버스에 몸을 실으면
남쪽으로 남쪽으로 굽이굽이 흘러가는
고향 가는 길
명절 때나 한 번씩 내려가는 고향이지만
떠돌이 유목민 같은 도회지의 삶을 벗어나
귀소歸巢하는 안식의 기쁨
볏논이 노랗게 무르익은 마을 어귀에 들어서면
마음은 벌써 고향 집에 내달아
부모님의 따뜻한 품에 안기네
올해는 유난히 무더워 힘드셨을 어머니, 아버지
안쓰러운 마음에 안부를 여쭙고
형제들 한데 모여 술 한잔에 정담을 나누며
지친 마음을 내려놓을 수 있는 곳
밤새도록 못다 한 이야기는
귀뚜라미 울음소리와 함께 깊어 가고

어린 시절 추억이 흑백사진처럼 아련한 기억들
맵찬 세파世波에 힘겨워 휘청거려도
대합실 북적이는 인파에 부대껴도
고향 가는 길은 꽃길처럼 포근하다.

찔레꽃

봄볕 쏟아지던 날
유년 시절 살던 과수원 탱자 울타리에
하얗게 고개 내민 찔레꽃
어머니 옷에도 흐드러지게 피어
온통 그 향기 맡으며 자랐네

고향 떠나 도시로 온 후
찔레꽃 대신 장미를 좋아했네
유월이면 화단에 가득 넘쳐 나는 붉은 물결
누군가에게 줄 양으로 꺾어서 화병에 꽂아 두었네

어른이 되어
벚꽃, 목련, 작약 철 따라 피는 꽃은
아무 꽃이나 좋아서
모두 모두 마음에 담아 두었네

어느 날
어머니, 아버지 북망산천에 묻고 보니

찔레꽃 향기가 그리움일 줄 몰랐네
뒤늦게 마음을 아프게 하는 찔레꽃.

고향 집

달빛 아래 감나무 그림자 서성이는 그곳으로
탱자 울타리 너머 바람은 여전히 귓가에 분다
봄이면 연초록 솔순과 아카시아꽃 따 먹으며 걸었던 등
굣길
흙바람도 맞고 물수제비도 뜨던 그곳으로
늙은 농부가 소달구지를 타고 마을 언덕을 넘는다
흰 구름 둥실 떠가는 하늘과 해맑게 웃음 짓던 물개방죽
온 들판에 청보리 물결치는 여름날
뽕잎 따는 처녀 가슴에 뻐꾹새 울음소리 스며드는 그곳
으로
오뉴월 태양은 눈부시게 빛나고 있다
그 따가운 햇볕에 어머니 얼굴은 노랗게 물들고
통통히 살 오른 과수원 열매들이 불그스레 익어 간다
가을날 아버지의 곳간 문이 삐걱 열리면
들녘의 땀과 수고가 한 섬 한 섬 쌓이고
마을은 더욱 부산하고 장날은 흥겨운 잔칫집이다
양철 지붕과 감나무 가지에 하얀 눈이 펑펑 내리면
탱자 울타리를 뚫고 온 바람이 휘파람 소리를 내며

작고 오래된 창문을 두드리는 그곳으로
그리운 얼굴들이 다시 모이는 그런 날이
언젠가 꿈처럼 오리라 오리라.

제3부

소나무 숲길에서
– '김냇과'*에 걸린 소나무 숲길 사진을 보고

천년 세월에 녹슨 침묵이
이끼처럼 깔린
저 길을 지나간 이는 누구던가
여기에 꿈결 같은 첫사랑을 놓아두고
오늘 늙은 염소 한 마리 끌고 가는
아, 바람이여
행려병자여…

* '김냇과'는 옛 병원 건물을 리모델링해서 커피숍과 전시관으로 꾸민 문화공간.

쓰러져 가는 것들에 대하여

쓰러진 모든 것들은 한때는 서 있었다
유년 시절 그러했듯이
힘차게 도리질을 하던 팽이는
꼿꼿하게 빙판에서 바람을 일으키고 있었다
회전력을 잃은 순간 팽이는
빙판에 주저앉아 겨울바람에 울부짖는다
하늘을 찌를 듯 높이 치솟은 아름드리 잣나무
태풍에 넘어져 드러누웠다
세월의 사다리는
개울을 건너는 징검다리가 되었다
수런수런 자라던 벼들도
이삭의 무게에 짓눌려 쓰러진다
쓰러진 논바닥에 알곡 몇 알을 부리듯
우리는 서 있었던 날들의 기억을 땅에 묻는다
지붕이 무너진 폐가 담벼락에서
서투른 너의 낙서를 발견한다
네가 서 있던 그림자는 보이지 않고
유년의 시간은 아직도 그 언덕에서

노오란 무꽃을 피워 올린다
그리고 쓰러져 갔던 것들을 목메어 기다리고 있다.

사물이 기울어 보일 때

사물이 기울어 보일 때
새들은 그 수평선에 앉아서 세상을 본다
저 많은 선들이 바람에도 흔들리지 않고
팽팽한 것은
새들의 믿음이 버티고 있기 때문이다
겨우내 눈보라에도 기울어진 비탈에 서서
언덕을 노오랗게 물들이는 개나리는
봄이 오리라는 꿈이 있기 때문이다
사물이 기울어 보일 때
우리가 흔들리지 않는 것은
언 손등으로 눈물을 훔치며
한 땀 한 땀 가슴에 묻어 둔
너와 나의 시린 사랑 때문이다.

거리 음악회를 감상하며

비둘기가 무리 지어 먹이를 쪼던
광주공원 광장에 비둘기 대신
얼굴에 세월 자국 깊게 패인 사람들이 모여
색소폰 연주를 감상하고 있네
베사메 무초~베사메 무초~
(나에게 키스해 주세요~)
(나에게 키스해 주세요~)
흥겨운 멜로디가 봄 햇살을 타고 느린 템포로
공원 광장에 울려 퍼지네
나른한 마음은 깃털처럼 가벼워
졸음에 겨운 듯 리듬에 취한 듯
옛 추억에 잠기어
흘러간 세월 따라 비둘기는 날아가 버리고
키스해 달라는 여인도 떠나가 버리고
색소폰 소리만 그녀의 음색인 양 귓전에 맴도네.

여수항에서

불현듯 여수에 왔다가
동백꽃은 못 보고 초여름 가랑비에 흠뻑 젖어서 가네

젊은 날 여인을 만나러 간
허름한 2층 음악다방에
뻘쭘하게 앉아 있다가 슬그머니 돌아선 그날처럼

삐걱거리는 계단에 넘어질 듯
출렁이는 파도 위에 자꾸 흔들거려
바위 틈새로 흘러드는 물보라에
동백 꽃잎이 쓸려 가네

항구에 닻을 내린 오동도에
돌산대교 은은하게 비치는 밤바다도 못 보고
추억은 물안개가 되어 알싸하게 흘러가네

불현듯 찾아간 여수에
남몰래 철석철석 가랑비에 젖어서 가네.

시내버스 안에서

아직 어둠이 걷히지 않은 거리에
길을 나선 사람들이 만원 버스에 오른다
한 척 높이 계단을 딛고 올라서면
쪽방 같은 버스 안은
서 있는 사람과 앉아 있는 사람이 평등해
높은 자리도 그리 탐나지 않는다
떠밀려 가는 창밖 풍경은 어제와 변함없지만
부평초처럼 흔들리는 사람들은
서로 어깨를 부딪히며 길항拮抗하는 법을 배운다
아무 말 없어도 서로의 눈빛만으로
마음과 마음이 모아져 훈훈한 사랑방이 된다
더러 쏟아지는 동전을 너도나도 주워 주인에게 되돌려
주고
  빈자리 앞다퉈 양보하며 제 설 자리를 자랑스러워한다
  양심과 미덕이 서로에게 하루 살아갈 힘을 북돋는다
  정거장마다 문이 열리면 보석 같은 사람들이 쏟아져
  세상은 오늘도 반짝거린다.

새해 아침, 사람이 온다

사람이 온다, 눈꽃 향기처럼
추억 깊은 동네 발산마을 고샅길에
오늘도 파란 대문을 밀고 나서는 발자국 소리
물안개 모락모락 피어나 겨울 언덕을 넘는 인정처럼
밤사이 우리의 보금자리는 따뜻했고 꿈은 감미로웠다
양동시장 활기찬 새벽 공기가 싱싱한 푸성귀처럼
상인들의 웃음 띤 얼굴에서 파릇파릇 아침을 연다
장터를 나서면 광주천에 속살대는 천년의 전설
뚝방 길 너머에 펼쳐진 눈부신 도시의 용틀임
상무지구 빌딩 숲 사이로 신문명이 열린다
분주히 달리는 차들과 바쁘게 걸어가는 사람들
미래의 시간이 성큼성큼 다가오고 있다
여기는 빛고을 사람들의 만남의 광장
빛고을의 여울은 여기에서 화음을 이룬다
빛고을의 숲은 여기에서 균형을 이룬다
그리고 다시 빗살무늬처럼 뻗어 나간다
광천동, 화정동, 염주동, 풍암동, 운천동으로
낫질 소리 아련한 서창 들녘으로,

영산강 나루에 은빛 물결로, 흐르며 노래하며
희망의 온기를 품고 날아오르는 겨울 고니 떼
어제 누군가 다녀갔던 이 길을 따라
새해 첫날 아침 서설이 내리듯
심장이 따뜻한 손님이 온다

장미로부터 받은 편지

오월이면 어김없이
집 마당에 배달되는 누군가의 편지
한 줄 한 줄
예쁜 손 글씨로 써 내려간
그의 붉은 마음
젊은 날 가시를 내밀었던 그의 손을
아프게 만졌던 그날처럼
곱게 접어 둔 사연을 꺼내어
흐린 눈으로 다시 읽는다
그때 그의 집 담벼락은
무척 높았고 너머로 붉은 꽃이
어둠 속으로 사라지는 걸
하염없이 바라보며
나는 더 이상 답장을 쓸 수 없었다
오월이면 어김없이
집 마당에 배달되는 이름 모를 편지
가시에 찔려 피 흘렸던 청춘과
라이너 마리아 릴케를 생각하며

바람에 흘러간 장미 꽃잎에 입맞춤한다.

구시포九市浦 겨울 바다

지난 계절 추억들이 아우성치는 겨울 바닷가
짠물을 들이켜 목마른 백사장에는
누군가에게 썼던 모래 편지와
썰물이 버리고 간 이방의 상형문자
답장 대신 해송 바람의 빈손 수화
파도 거품 깨무는 갈매기는
허기진 쓸쓸함을 노래하고
소금기에 몸살 앓는 폐선들과
닻에 걸려 떠나지 못하는 것들만 쌓여
노을 지는 겨울 바닷가 한편에
녹슨 그리움으로 펄럭인다.

무안 해제 갯벌에서

유월의 태양이 가장 빛나는 곳
무안 해제곶 앞바다
소금기 어린 바람결에 펄럭이는 자유
만주 벌판처럼 광활한 갯벌 위의 숨결이
아득한 서해 바다를 휘감는다
물결 떠밀려 간 시간의 길을 따라
드러나는 수만 년 지층
아프게 살아왔던 날들 뼈마디 화석처럼 남아
지나간 날들은 연보라 추억으로 피어오르고
저 머언 수평선에 희미한 바닷새
생명의 환희를 노래하고 있다
물과 뭍의 경계는 단단한 둑으로 막아서지만
삶의 경계는 물길처럼 흘러갈 뿐
하얀 양파 속살이 영그는 황토 흙과
노을 진 바다는 오늘도 붉게 타올라
사람들은 갯벌에서 하루의 일상을 줍는다.

장성호長城湖에서

장성호는 여인의 마음을 닮았다
옹골찬 사내 하나 품고 싶은 마음
하늘의 별이라도 따려나
앞가슴 활짝 풀어 놓고 산마루에 누웠네
그러나 아무 사내나 허락할 수 없다는 듯
넘실대는 강물에 몸을 담그고
임꺽정, 전봉준 같은
힘 세고 칼 잘 쓰는 사내놈 어디 없나 하고
황룡 들녘 굽어보는데
쓸 만한 사내놈은 그림자도 안 보이고
허송세월 몸만 불어나니
어디 산이나 하나 보듬어 볼까
젖가슴 열어 놓고 산을 품었더니
호수 거울에 비친 이 산은 누구 산일까
사람들이 살금살금 훔쳐보는 이 산은
내 마음마저 속절없이 붉어지네.

오월, 문득

오월 문득 사랑이 그리우면
뚝방 길을 나 홀로 걸어가리라
보리밭 푸른 들판을 가로질러
해일 몰아오는 바람처럼
추억의 모퉁이 깃발을 흔들며
간이역 기적 소리에 마음을 실어
산 너머 휘어진 고샅길 따라
내달려 가리라
오월 문득 사랑이 그리우면
남도의 강가에서 활짝 웃고 있는
노랑제비꽃 꺾어 들고
뚝방 길을 한없이 걸어가리라.

진군나팔을 불어라

인생은 용기가 필요하다
제 살점을 도려내는 비장함
손에 쥔 것을 넝마처럼 버릴 줄 아는 결기
검정고시 공부를 위해 다니던 공장을 그만두었을 때
막막하고 두려웠다
주변에선 공부가 그리 쉬운 일이냐고
걱정 반 핀잔 반 눈총을 주었다
그리고 대학 졸업 후 다니던 회사가 폐업해
실업자로 살아갈 때 차가운 비웃음을
녹슨 펜으로 시를 쓰며 삭였다
지금
다시 진군나팔을 불어야 할 때이다
어머니는 한평생 장사를 하셨다
새벽에 나가 밤늦게 귀가하셨다
어머니를 기다리느라 배고픔을 참으며
길거리에서 추위와 싸웠다
쇼윈도 흑백텔레비전을 보며 난장을 떠돌았다
다시 어둑한 그 거리로 나서야 하는가 보다

진군나팔을 불어라, 사즉생의 각오로 나아갈 것이다.

오월, 그 누가 푸르지 않으랴

오월이 오면,
우리는 말없이 무등산을 바라본다
벌써 아득한 세월 저편
산 아래 금남로에는 가로수마다 연등이 걸리고
부처님 닮은 어머니의 얼굴에 봄빛이 곱게 물들었다
생명이 움트는 광주천 여울을 따라
푸르른 물안개는 도시를 포근히 감싸는데,
갑자기 몰아친 날 선 광풍이
거리를 순식간에 핏빛 지옥으로 만들었다
그날 천인공노할 날벼락으로
해맑은 10대 소년 종철*이는 싸늘한 죽음이 되었고
수많은 어린 목숨들이 총부리에 쫓겨 다니다 꽃잎처럼
나뒹굴었다
그로부터 마흔 해가 지나고 다시 오월이 찾아왔다
우리들 가슴마다에 멍울진 그리운 얼굴들
오월이 오면,
우리는 말없이 그들의 이름을 불러 본다
그리고 스스로 무등산이 되어 불사조의 영혼을 품에 안

는다
 그들의 피와 살을 껴안고 서석대, 입석대로 일어선다
 이 세상이 끝나는 그날까지
 오월, 그 누가 푸르지 않으랴.

* 1980년 5월 27일 계엄군 총격으로 사망. 당시 나이 18세 자개공.

다시 들판에서

어둠이 밀려난 집 마루에 새벽별이 떨어진다
샘물은 밤새 눈을 뜬 채 하얀 입김을 피어 올린다
어머니의 마른 기침 소리가 꿈속의 나를 깨운다
홑겹으로 지새운 방을 칼바람이 에워싼다
아직 잉크 냄새 가시지 않은 조간신문 옆구리에 끼고
골목길을 내달린다
아무도 길을 나서지 않은 도시의 거리는 들판이다
푸르스름하게 무서리 깔린 겨울 들길은
성자의 눈빛처럼 고요하게 빛난다
순하게 잠들어 있는 세상은 마치 천국과 같다
낮은 곳일수록 새벽은 일찍 찾아온다
야성의 심장을 찢고 솟구치는 피가 활활 타오른다
생존을 위해서는 뿌리를 박는 지혜가 필요하다
그리고 한 그루 나무가 되도록 빌고 빌어야 한다
언젠가는 고사목이 되어 몸뚱이 하나로 서 있을지라도
다시 들판에서 고난의 십자가를 끌고
골고다의 언덕을 넘어야 한다.

볏단

겨울 들판에 누워 있었다
가을걷이 끝난 논 한가운데
지난 계절 꿈들이 참수되어
만장 깃발 펄럭인다
이랑 사이 수런거리던 푸른 잎사귀
빽빽하던 들녘에 나락 옷고름을 휘날리며
검게 그을린 농부는 굽은 등을 몇 번이나 폈다
가을이 깊어 갈 즈음
등 굽은 농부들 갑오년 동학군의 몸뚱이처럼
피범벅 되어 쓰러져 있었다
상투 목 잘린 채 파장한 논바닥에
그들이 남기고 간 발자국 화석처럼 선명하다
눈발이 하얗게 광야를 뒤덮고
언 땅에 굳은 뼈를 묻는 사람들
윙윙거리는 칼바람 끝은 허공을 맴돌고
들판에는 아무도 잘린 목을 일으켜 세우지 못했다
그래도 초분 무덤 덤불에서
푸른 순 키우며 한겨울을 지나왔다.

독백
– 시인의 무거움에 대하여

입안에 고인 침을 툭 내뱉듯
날름날름 써내는 글들이 SNS라는 광장에 유포되고 있다
달고나* 같은 투박한 미각을 남발하고
싸구려 옷감을 물들인 염료로 치장된
수사들이 꽃다발로 묶여
쇼윈도에서 독자들의 시선을 유혹하고 있다
서정의 공허함, 사색의 남루함이
언어 파괴 혹은 문자 공해를 양산하고 있다
정서적 감동과 위로를 주지 못하는
아마추어의 붓놀림이 마치
국전 특선작이라도 된 듯 벽마다 걸려 있다
아, 자아 성찰이 부재한 죽은 시인의 사회여.

* 설탕에 소다를 넣고 구워 만든 한국식 사탕. '띠기' 혹은 '뽑기'라고도 부른다.

제4부

봄비

겨울에서 봄으로 넘어가는
새벽 네 시쯤
대지의 시곗바늘이 째깍째깍
잠결에 들었던 발자국 소리
혹여 문밖에 누가 왔을까
어젯밤 보았던 귀밑머리 소녀
안개꽃 자욱한 들판을 가로질러
눈이 쌓였던 산비탈에
뒷모습 멀어져 간 신작로에
오래된 마을 우물가에
추억처럼 왔다 가는 페르세포네*의 숨결.

* 그리스로마 신화에 나오는 봄 처녀.

관습의 덫

일상에는 어딘가 덫이 숨어 있다
관습의 익숙함 같은 낯익은 얼굴로
부드러운 악수를 건넨다
이미 치밀하게 계산된 미소와
마음을 파고드는 샤넬 향수
거기에는 의식을 마비시키는 성분이 있다
오뉴월 장미처럼 겉은 화려하고
길고양이처럼 발톱을 숨기고 있는
다정다감한 눈빛
뒤를 돌아보면 나는 어느새 덫에 걸려 있다
목덜미를 대롱대롱 매달린 채
숨도 제대로 쉬지 못하고 온몸이 꺾여 있다
관습이란 이름의 덫에
창백하게 묶여 있는 욕망,
그 마법에서 나를 깨우는 주문呪文은 무엇일까.

시월이 가네

시월이 가네, 사랑이여
노오란 은행잎에 매달린 저 푸른 하늘을
풍선처럼 멀리 떠나보내네
거리엔 낯설은 바람이 불고
그대 긴 머릿결 따라
계절의 청춘은 저물어 가네
이렇게 뜨겁지도 가볍지도 않은
우리네 삶이여, 시월이 가네
어느 언덕에서 비를 맞으며
남루하게 서 있는 나무 그늘처럼
낙엽이 하나, 둘 음표를 날리며
시월이 가네
오랜 추억의 얼굴을 창가에 묻고
간이역 기적 소리 아득히
시월이 가네, 사랑이여.

장성 남창계곡에서

숲속으로 가는 길은 그리 멀지 않더라
마음 한 굽이만 살짝 꺾으면
나리꽃 피는 언덕길 보인다
울타리 안에서만 살다 보면
매양 다녔던 길만 훤히 보이고
비껴 있는 산속 길 부옇게 안개 속이다
오늘은 바람을 만나 길을 동행한다
예전에 다녀갔던 그 길을 따라
세월에 빛바랜 추억을 이정표 삼아
한 걸음 한 걸음 남창계곡에 오르다 보면
물은 그대로 유유하고
삼나무는 변함없이 하늘을 떠받치고 있다
텅 빈 입암산성엔 지키는 군사도 없이
허물어진 남문 돌 틈 사이 푸른 이끼,
역사는 말없는 편린으로 남아 있다
불현듯 쏟아지는 소낙비, 뇌성 소리
산의 적막을 깨우듯 내 마음에 빗금을 긋다.

서릿발을 밟으며
– 광주 북구 삼소동에서

겨울 들길을 걷는다
피 묻은 동학군 깃발 들고
맵찬 칼바람에 옷깃 여미며
눈송이 휘몰아치는 용전 들녘 내딛는다
청보리밭 둑길을 걸어, 갈대 서걱대는 냇가를 지나
'정성머리들', '한장들' 가슴팍을 밟으며
까마귀 전설이 어린 비아 땅 향해
한 발 한 발 서릿발 밟으며 간다
겨울 궁중산은 구들장을 짊어진 듯 무겁게 가라앉고
영산강은 산그늘을 안고 굽이굽이 휘도네
변방으로 떠밀려 떠밀려 퇴적된 대지여
잠든 우리들의 꿈처럼
깊은 수심 말없이 흐르는 강물이여
더께 낀 묵은 흙은 제 속살을 열고
머잖아 봄을 피우겠지
겨울 쓸쓸함이여, 안녕.

섬진강 은어

산빛 그림자 그렁그렁 흐르는
해 질 녘 섬진강에서
그리운 그대 눈빛을 보았네
물굽이 나직이 돌아가는 산 허리춤
갈대 깃발 나부끼는 바람 따라
밤하늘 별빛처럼 반짝반짝 빛나는
은어銀魚 떼 물비늘
강물 깊숙이 숨 쉬는 생명의 숨결인가
지난 계절 강나루 흘러간
매화꽃 가쁜 사연을
흐렁흐렁 풀어내는 내밀한 은어隱語인가
물이 고요 속으로 한 음계 몸을 낮출 때
퍼덕이는 은빛 춤사위는
섬진강을 나그네 마음속으로 끌어당기네.

가을비

뭉게구름 낮게 피어오르던 언덕에서
노을 지는 산모롱이에서
소녀를 기다리던 떨리는 가슴으로
가지런히 현을 켜는 흰 손

지난 계절 뜨거운 숨결을 품어 온
바람이 창가에 다가와
숨겨진 옛이야기 한 소절 풀어내는
속삭임

수취인 불명의 추억이
문득 누군가의 얼굴로 떠오를 때
어디선가 아득히 들려오는 발자국 소리

잃어버린 악보를 찾아
다시 켜는 현의 울림
떡갈나무 사이로 계절이 오는지
가늘게 마음을 적시는 흐릿함

내면의 시

저 높은 수직 상승
속빈 항아리처럼
울 수 있는 힘으로 슬픔을 밀어내고
텅 빈 여백의 숨결로 노래하리라

뒤돌아보지 않는 바람처럼
강물을 밀고 가는 잔물결
절벽의 아득한 소스라침으로
하강하리라

세찬 비바람에 묵상하는 바위처럼
먹빛 산그늘 아래 수행자가 되어
북두성 밤하늘을 부둥켜안고
개벽 세상을 꿈꾸는 천년와불이 되리라

저 광야의 눈보라처럼
한순간 아득한 들판을 삼켜버리고
순백의 낙원으로 살다가

종내는 허공의 메아리로 남으리라.

고창 선운산에서

백제 땅 도솔산에 비 그치고
선운사에 길손이 찾아드니
산문에 불어오는 천년의 향기
고즈넉한 숲길 따라
시인 묵객의 가슴을 울린
검단선사 해탈의 노래가
찻잔에 그윽하게 번져 간다
암자 툇마루에 걸터앉아
산봉우리 타고 노는 구름 바라보니
신선은 어디로 사라지고
사람과 찻잔 사이
붉은 동백꽃 피어나네.

칠산 앞바다에서

그대 떠나간 계절의 머리맡에
아무 기별 없이 노랑원추리 꽃 피었네
수평선 저 너머 뱃고동 소리 아련히
파도 물결 따라 철썩철썩 애먼 마음 허물고
재갈매기 하늘을 맴돌다
칠산에 부딪히는 붉은 노을 속으로 사라져
사람들은 저마다
검붉은 얼굴로 바다를 바라보네
물때 지난 갯벌에 붙들린 폐선 한 척
그저 닻을 내려놓고 뼈마디 스며든
묵은 사연 푸른 이끼 씻기느라
시간마저 녹슬어 버렸네
저무는 바다에서 돌아오는 건
바람도 재갈매기도 아닌
한 조각 젖은 가슴 때리는 파도의 애끓는 노래
붉게 물드는 칠산에서 남몰래 듣고 있었네.

계림*에 와서

계수나무 꽃피는 천하의 낙원 계림에 와 보니
지상의 산봉우리들이 다 여기에 모였네
태초에 누군가 불상을 모셔다 놓은 듯
저마다 가부좌를 틀고 있는 봉우리 봉우리들
휘돌아 흐르는 세월의 비바람에 깎이어
3만 6천 개 봉우리가 군웅처럼 서 있네
기봉이라 하기에는 둥글고
태산이라 하기에는 앙증맞은
천태만상의 바위산들이 인간 세상을 굽어보네
요산 봉우리에 올라 이강을 바라보니
신선이 붓으로 그린 산수화 한 폭
신선을 태운 구름은 중턱에서 사라지고
중생을 실은 리프트 카는 분주히 오가네
나도 덩달아 구름 속 신선인 양
천고 비경의 삼매경에 젖어 드네.

* 중국 구이린시(桂林市).

90

이강*에서

먼 이국땅 계림에 와서
천년 산수 화폭을 꿈속인 양 보았네
느린 물결 산 그림자 하나씩 불러내 풀어 헹구듯
때론 가까이 때론 저만치서
강가에 엷은 노랫소리 마음을 허물고
가을날 바람은 여기에 다 모였네
산인 듯 강이고
강인 듯 바람인 이강에서
나룻배 사공이 되어
천 리 물길을 다 둘러보고
남은 가을날을
그리운 임 기다린다면
온 천하를 얻은 제왕처럼
부러울 일이 무엇이랴

* 중국 구이린 시내를 흐르는 이강.

바투*동굴에서

동굴로 들어가는 문 앞에
시바신의 아들 무르간신이
파수꾼처럼 중생들을 내려다보며 우뚝 서 있다

세속의 업보를 등에 지고
300개의 계단을 허리 굽혀 올라야만
닿을 수 있는 천국의 길목

눈앞에는
스페인 사그라다 파밀리아 성당을 옮겨 놓은 듯
하늘로 이어지는 까마득한 첨탑들

바람, 물, 석회암이
억겁의 시간 속에 저절로 녹아들어
아름다운 신의 궁전을 만들었다

벽에는 시바신이 손수 쓴 경전인가
담쟁이넝쿨이 꿈틀대며 오르는 듯

방울방울 법어가 피어나고 있다

한쪽 구석에는 악마가 발톱으로 그린 지옥도가 있다
뿌리 뽑힌 뽕나무가 인간의 죄악을 도리깨질하고 있다

신인 듯 인간인 듯
순례자를 바라보는 원숭이

'중생이여, 신발을 벗고 기도하라'
'벌거벗은 무욕의 심성으로 신에게 경배하라'
마음 한구석에 울려 퍼지는 절대자의 음성이 들리는가.

* 말레이시아 관광지.

쿠알라룸푸르* 국립 이슬람 사원에서

초승달과 별을 가슴에 안고
하루 다섯 번 신에게 경배하는 성소
이슬람의 숨결이 흐르는
쿠알라룸푸르 국립 이슬람 사원에서
알 수 없는 미로 속으로 홀린 듯 걸어간다
신의 어떤 형상도 없이 오직 메카를 향하여
엎드려 고개를 숙이는 경건한 예배 의식
신의 존재는 과연 무엇인가
창조하되 피조물로부터 벗어나 있고
있으되 형체가 없고
아무도 비교 대상이 될 수 없는
미스터리한 신성을 가진 알라신
인간이 받드는 신 가운데 극도의 절대자
사원에는 향불도 타오르지 않고
고요한 뒤뜰처럼 돌기둥 사이로 바람이 지나는 소리뿐
언어를 빌어 닿을 수 없는 상상 너머 미지의 세계
아주 먼 나라 혹은 바로 가까이
알라신의 음성이 들리는 그곳에서

신발을 벗고 마음을 따라 총총히 걸어가네.

* 말레이시아 수도.

구주산* 가는 길

하늘을 향해 굽이굽이 아득한 길
산과 산이 겹쳐 있어 구름이 비켜 가고
수천 년 설화를 간직한 채
흰 연기 모락모락 피어오르는 태고의 고향

오늘, 동방의 나그네가 길을 가네
갈꽃 넘실대는 평원을 지나
흙먼지 날리는 자갈길을 걸어
산비탈에 걸친 바위를 거슬러 거슬러

나그네의 마음은 바쁜데 계절은 더디게 흘러
속세의 시간은 아랑곳없이
너덜겅 바위 틈새 안개 속살을 헤집고
오뉴월 철쭉꽃이 늦봄을 붉게 수놓네

가랑비 한 줄기 광활한 초록 바다를 적시듯
땀방울로 맺혀 하나 된 산줄기
오래도록 머물고 싶은 추억의 묏부리여

천팔백 고지에 웅지의 깃발을 높이 세운다.

* 일본 규슈 지역에 위치한 산

바탐* 원주민 마을에서

야자수 나무 아래 아이들이 뛰논다
모래바람에 빨랫줄 옷가지들이 펄럭이고
슬레이트 집 창문에 빛바랜 세월의 흔적
낯선 방문객에게도 따뜻한 눈빛을 보내는
어린이의 맑은 눈동자들
노천시장에는 이방의 골동품과 민속품이
관광객의 호기심을 자아낸다
바닷물은 수평선을 팽팽히 당기고
낡은 목선을 뭍으로 밀어 올리는 사람들
등 너머로 바닷가에 지는 노을이
스르륵 하루의 기쁨을 변주한다
원시의 인정이 목마를 때
여기에 와서 마음 한 자락 적셔 볼까
내 마음 어딘가에 박혀 있는
그리움의 뿌리를.

* 싱가포르에서 가까운 인도네시아 작은 섬.

몽골 시선

바람의 말

여행은 바람과 조우하는 일이다
하늘을 나는 연이 바람에 몸을 싣듯이
팽팽히 부풀어 오른 연은 하늘을 높이 날아올라
세상의 끝 마루에 선다
그곳에서 비로소 한 마리 독수리처럼 세상을 내려다보며
초원의 냄새 맡을 수 있다
바람은 간혹 감성의 시위를 당긴다
바람에 포획당한 나그네여,
그대는 이제부터
바람에 젖은 제비꽃과 민들레처럼
야생의 눈을 뜨고
바람의 말을 들을 수 있을 터이니
대초원을 떠도는 구름과 강물을 노래하리라
석 달간 바람이 부드러운 낯빛을 띠는 동안
부지런히 말을 달려 바람의 땅, 대평원의 숨결을 호흡
하라

바람의 날것 그대로.

빗물의 노래

바람보다 먼저 나그네를 반기는 이는 하늘의 빗줄기다
빗줄기는 조용한 울란바토르 도시를 적시고
번화가 백화점을 오가는 사람들의 우산 위에
혹은, 희미하게 깜박이는 신호등 불빛에 어리거나
오랜 고궁의 뜰과 처마 끝을 타고 내려와
툴강으로 흐른다
메마른 대평원에 내리는 빗물은 축복이다
땡볕에 시들어 가는 초원과 야생화에 생기를 불어넣고
목마른 말과 소와 양들의 젖을 풍요롭게 한다
빗물은 초원에 손금 같은 가느다란 실개천을 만든다
초원 사이로 흐르는 개울물은
유년의 고향 들판을 떠올린다
그리고

팝송 「the river in the pines」을 들려준다
초원에서 만나는 빗줄기는 추억의 강이 되어 흐른다.

초원의 울림

게르에서 깨어나 바라본 새벽 초원은
거친 판화처럼 살풍경스럽다
게르에 걸린 희미한 등불이 미명을 밝히고 있다
새벽하늘과 초원 사이로 구름이 몰려온다
낮고 느리게 흐르는 톨강이 아침 햇살에 반짝거린다
게르 캠프를 둘러싼 철조망 너머로 바람이 몰려온다
성난 바람결에 주변 풀들이 일제히 갈기를 세우고 경계
태세를 갖춘다
어느 고원에 선 듯 삭막하고 고독해진다
철조망을 넘어가는 한 여인의 뒷모습이
무척이나 위태로워 나도 모르게 눈물이 난다
원시의 자연이 서로서로 부딪혀 만들어 낸 풍경은

투박하고 아이러니하다
날것들의 울림이 그대로 통곡처럼 가슴을 파고든다.

별들의 속삭임

게르 캠프의 밤하늘 위로
하나둘 별들이 나타난다
지상의 집들이 불을 켜듯
저마다 촉수를 높이고 자리를 잡는다
별들도 마을을 이루고 사는 것일까
달 가까이 별 하나가 나오더니
그 주변으로 하나둘 모여들기 시작한다
그리고 마침내 온 하늘이 별밭을 이룬다
하늘도 별도 낮게 내려오는 밤
유년 고향 집 툇마루에서 헤아려 본 별자리 모습이
그대로여서 반갑다
무수한 별들 가운데 어머니, 아버지의 별은 어디에 있

을까

오늘 밤은 유난히 바람이 고요하다.

변방에서 꽃피는 장소들

전동진 시인·문학평론가

1. 꽃

장소場所라는 말은 자주 쓰는 말이지만 가리키는 바를 꼭 짚을 수 없는 대표적인 말이기도 하다. 장소는 '무엇이 있거나, 어떤 일이 이루어지거나 일어나는 곳'이라고 사전에 풀이되어 있다. '무엇(what)'의 자리 이면에는 언제나 '왜(why)'가 자리한다.

어떤 일은 '~인 것', '~하는 것'을 포함해 'thing'으로 통칭할 수 있다. '이루어지거나 일어나기' 위해서 필요한 것이 '마당'이다. 의미의 마당을 이루는 세 가지 근원 요소는 인간(who), 시간(when), 공간(where)이다. 이 세 요소가 어떤 방법적 지향(how)을 갖느냐에 따라 장소는

다채롭게 '이루어'진다.

이순耳順의 나이에 광주光州에서 발간되는 박준수 시인의 여섯 번째 시집『들꽃은 변방에 핀다』는 시인의 말처럼 '새로운 인생 2막이 시작되는' 장소로 마련되었다. 인생의 점이 지대를 한 권의 시집으로 마련할 수 있다는 것은 문화적으로 매우 축복받는 삶이 아닐 수 없다.

이 시집을 읽는 독자들 중에는 '시가 정말 좋다.'고 생각하는 사람이 있을 것이고, '나도 이순의 나이에 시집을 한 권 펴낼 수 있으면 얼마나 좋을까!'라고 생각하는 사람도 있을 것이다. 전자의 것이 이 시집이 거두는 예술적 효과라고 한다면 후자는 문화적 효과라고 할 수 있을 것이다.

변방으로 오라
들꽃은 변방에 피어난다
바람에 흔들리는 너의 마음 따라
변방은 들꽃이 무더기로 피는 곳
거기에는 내 마음을 훔쳤던 오랑캐꽃
가난한 어머니의 눈물이 어린 찔레꽃
혹여는 동학군처럼 흰머리 풀고 넘실대는 갈대숲
민초들의 억척스런 삶이 넝쿨처럼 뒤엉켜

들꽃으로 피는 곳

가을 들판에 홀로이 서면

변방으로 오라

흰 눈이 내리기 전

꽃들이 진 남도 땅에 육자배기 흐르는

질펀한 흙바람 맞으며

늙은 느티나무 노을에 불타는

변방으로 오라.

- 「들꽃은 변방에 핀다」 전문

우리는 오랫동안 누구라도 탄복해 마지않은 예술작품을 꿈꾸며 살았다. 그것이 실재하든, 조작된 허위이든 예술에는 생활세계를 넘어서는 초월성이 깃들어 있어야 한다고 믿었다. 그것이 중심에는 없을 것이다. 변방에는 흔하디흔하게 들꽃이 핀다. '들'이라는 말에는 '최소한의', '겨우'라는 의미가 담겨 있다. 그 흔한 오랑캐꽃은 내 마음을 훔치고, 찔레꽃은 가난한 어머니의 눈물로 어리며, 갈대숲은 동학군처럼 흰머리 풀고 남실대다가 우주에서 둘도 없는 꽃으로 핀다.

변방에 피는 들꽃을 만나는 방법은 부지기수이다. 이 글에서는 사람이 여는 장소, 시간이 여는 장소, 공간이 여는 장소라는 '장소성'을 통해 만나 본다.

2. 찔레꽃과 우산꽃

시인에게 꽃이 되는 사람은 어머니와 아내다. 세상에 안 계신 어머니는 그리운 자리로 남고, 여전히 생활세계에서 부대끼며 사는 아내는 불편한 자리에 서 있다. 그리움과 불편은 좋고 나쁨의 문제가 아니다. 이것은 이야기가 풀려 나가는 '아쉬움'과 이야기가 맺혀 오는 '긴장감'으로 대체할 수 있다.

겨울날 어머니의 상여 행렬을 따라가다
눈보라에 가슴속 명치끝이 쩡쩡 울리는
얼음장 같은 설움을 부여안고
겨울 언덕을 넘어 보지 않은 사람은
새하얀 눈의 소복을 입어 보지 못한 사람이다
문풍지를 뚫고 달려드는 칼바람을 맞으며
녹슨 펜으로 꾹꾹 억누른 마음을 한 자 한 자
마분지 위에 적어 보지 못한 사람은
겨울밤을 아직 다 지새우지 못한 사람이다.

　겨울날 어머니의 상여를 따라가는 길은 눈으로 지워진다. 그 지워진 길을 수천 가닥으로 수놓는 것은 시인이 떠올리는 어머니와의 추억들일 것이다. 이토록 깊은 침묵과 이토록 많은 이야기들이 동시에 자리하기도 어려울 것이다. 이러한 변이 지점을 통해 시인은 어린 시절의 '찔레꽃'을 다시 발견한다.

　　어느 날
　　어머니, 아버지 북망산천에 묻고 보니
　　찔레꽃 향기가 그리움일 줄 몰랐네
　　뒤늦게 마음을 아프게 하는 찔레꽃.

– 「찔레꽃」 중에서

　침묵沈默과 수다 사이에 자리하는 것이 '묵시默示'와 '계시啓示'이다. 묵시는 침묵으로 알게 하는 것이고, 계시는 말로 깨우치게 하는 것이다. 부모님에 대한 그리움이 한여름 개망초꽃으로 필 때, 아내는 '찢어진 우산꽃'으로 피어 있다.

길을 가다가

나 홀로

길을 가다가

숲을 만나 쉬고 싶었다

들꽃을 만나 이야기하고 싶었다

한참 가다가

돌부리에 넘어져 무릎이 깨졌다

다시 일어나

절뚝거리며 걷다가

소나기를 만났다

옷이 흠뻑 젖은 채로

옛 애인을 만났다

요즘 어떻게 지내냐고 그녀가 환하게 웃으며 물었다

나는 아무 말도 못하고

절뚝거리며

오던 길을 되돌아갔다

저만치 아내가 오고 있었다

찢어진 우산을 들고

물끄러미 나를 지켜보고 있었다.

－「찢어진 우산」 전문

이 시는 소나기 속에서 옛 애인을 만난 특정한 때로 시적 현재를 상정할 수 있다. 어떤 계시와 같은 것을 느낄 수 있다. 사건의 긴장감이 높아진다. 하지만 이 시를 시인의 인생 여정 전체로 읽으면 언어적 긴장 곧 시적 긴장감을 더욱 높일 수 있다. 젊은 시절의 꿈과 좌절, 사랑한 이와의 만남과 이별, 그리고 시난고난한 생활 속에서 나를 언제나 기다려 주는 아내가 파노라마처럼 펼쳐진다.

생활 속에서 피워 낸 가장 강렬한 꽃잎이 찢어진 우산에서 나풀거리는 한 장면과 '물끄러미'의 거리만큼 온갖 이야기들이 맺어 드는 장소도 없을 것이다. '물끄러미'야말로 우리가 가장 흔하게 만날 수 있는 '묵시'의 장소이다. 이 이야기들이 어떻게 풀려 갈지 알 수 없기에 삶은 여전히 불안하고, 삶의 여정은 절뚝일 수밖에 없다. 그 불안과 절뚝임 속에서 일어나는 긴장감이 생을 밀고 가는 힘이라는 것도 부정할 수 없다.

3. 시절의 장소

공간은 모두에게 공평하게 주어진다. 이 공간이 다른 장소가 되는 것은 거기에 저마다의 시간의 무늬가 새겨

지기 때문이다. "저무는 시간 너머로/내가 걸어왔던 길이 바닷가 모래톱처럼 지워지고/그리운 이름들은 들꽃처럼 시들어"도 우리에게는 남는 것은 '시절의 장소들'이다.

불현듯 여수에 왔다가
동백꽃은 못 보고 초여름 가랑비에 흠뻑 젖어서 가네

젊은 날 여인을 만나러 간
허름한 2층 음악다방에
뻘쭘하게 앉아 있다가 슬그머니 돌아선 그날처럼

　　　　　　　　　　　　　　　　　－「여수항에서」 1〜2연

　시인이 누릴 수 있는 최고의 자유는 시간의 자유다. 사연들은 시인이 떠올리는 것이 아니라 스스로 떠오르는 것이다. 모든 추억들을 눈치 보지 않고, 그대로 받아 적을 수 있는 것이 '이순耳順'의 연치年齒다. 시인이라는 자들은 아주 오래전에 이순耳順에 이른 자이고, 아주 오랜 시절이 흘러 죽음에 이르러도 '청춘靑春'을 놓지 않는 자들이다. 「구시포의 겨울 바다」, 「무안 해제 갯벌에서」, 「장성호에서」, 「장성 남창계곡에서」, 「서릿발을 밟으며－광주 북구 삼소동에서」, 「섬진강 은어」, 「칠산 앞바다에서」 등의 시편은 시인과 특별한 시절을 함께함으로써 시의 주인공으로 떠오를 수 있었다.

'광주'와 더불어 살아가는 사람들에게 '오월'은 4월과 6월 사이에 있는 한 달을 가리키는 언어가 아니다. '오월'은 시간이 아니라 장소에 가깝다. 영혼의 한쪽을 이곳에 놓아두고 온 사람들, 일부러 이곳에 두어야 하는 사람들이 광주 사람들이다.

> 그로부터 마흔 해가 지나고 다시 오월이 찾아왔다
> 우리들 가슴마다에 멍울진 그리운 얼굴들
> 오월이 오면,
> 우리는 말없이 그들의 이름을 불러 본다
> 그리고 스스로 무등산이 되어 불사조의 영혼을 품에 안는다
> 그들의 피와 살을 껴안고 서석대, 입석대로 일어선다
> 이 세상이 끝나는 그날까지
> 오월, 그 누가 푸르지 않으랴.
>
> ―「오월, 그 누가 푸르지 않으랴」 후반부

오월이 장소로 자리한 시간이라면, 특별한 시간으로 자리한 공간이 '발산마을'이다. 이 시집에서 특별한 주목

을 요하는 것은 '발산' 이야기이다. 이 시집이 광주 양동의 문화기술지로서 의의가 큰 것은 양동 발산마을과 관련된 시편들 덕분이다. 이 특별한 공간은 시인의 특별한 시간들과 일체를 이루고 있다. 이것은 한 차례의 추억이 되어 과거에 남겨져 있지 않았다. 여전히 현재의 이면에 살아 있으면서 오늘의 삶의 의미를 형성하는 데 힘을 보태고 있다.

> 양동 발산마을 비탈진 골목길을 오르면
> 오래된 느티나무처럼 푸른 초원파크가 서 있다
> 중년이 되어 다시 찾은 언덕에는
> 아득한 유년 시절 추억이
> 노란 장다리꽃으로 피어 하늘거린다
> 저만치 광주천 여울이 흐르고,
> 고개를 들면 무등산이 이마 가까이 성큼 와닿는
> 키다리 아파트에는
> 신혼의 단꿈이 흰 구름 두둥실 떠돌던
> 방 한 칸이 있다
>
> —「초원파크」 앞부분

여기에서 시인은 '서른세 살'로 야망을 키우고, '큰딸'을 얻었다. 이런 사연은 시인에게는 더없이 특별한 것이지만, 그곳에서 한 시절을 살아 낸 사람들은 비슷비슷한 사연을 가졌을 것이 틀림없다. 시인이 그려 낸 발산의 과거와 현재를 통해 독자는 자신의 삶을 반추하고 반영해 볼 수 있을 것이다.

1.
스님의 바리때를 엎어 놓은 듯 둥근 마을
발산鉢山에 가 보았나요
산머리에 화관처럼 앉은 과수원에 매화 한 그루
시절을 아는 듯 모르는 듯 꽃망울 옷고름을 푸네요
산비탈 길을 따라 신우대 밭에 잠든 고양이
바람난 봄바람이 슬쩍 건드리는데
실실 풀린 햇살이 아는 듯 모르는 듯 배시시 웃네요
아무도 살지 않는 옛집 앞마당은
빛바랜 고지서들이 주인을 기다리고
빈방 벽면에는 묵은 달력이 지나간 날들을 추억하네요.

2.
처마가 층층이 어깨를 낮추어 풍경을 공유하는
발산鉢山에 가 보았나요

사람들은 날마다 하늘 정원을 바라보며 꿈을 꾸지요
꿈틀대는 광주천 그 위로 뿅뿅다리의 아련한 전설,
방직공장이 옛 영화榮華를 드리우고
실을 뽑고 옷감을 짰던 십 대 소녀들은 지금쯤
어디에서 이 봄을 맞고 있을까요
도시는 나이테처럼 자꾸 몸집이 커 가는데
이곳은 예전 그대로 달동네 모습
여전히 꽃샘추위가 문밖에 서성거려요.

3.
텃밭에 봄이 파릇파릇 기지개 켜는
발산鉢山에 가 보았나요
비밀의 화원이 열리듯 생명이 움트는 소리
골목마다 청년들이 들어와 희망의 집을 짓고
예술가들이 영감을 얻어 작품이 탄생하는 창작마을
일본 요코하마의 코가네쵸처럼,
싱가포르 TVA처럼,
사람의 온기와 예술의 향기가
날숨과 들숨으로 만나는 순수의 고향
광주의 산업화를 온몸으로 껴안은
그 언덕에 올라 봄의 숨결을 느껴 보아요.

발산마을과 맺은 시인의 인연과 그곳에 새겨진 이야기
들로 인해 발산의 특별한 미래까지 그려 볼 수 있다. 조
금 늦은 발걸음으로 현대화에서 한 걸음 떨어진 장소는
자본과 기술의 속도를 반성할 수 있는 여유餘裕의 장소가
된다. 이곳이 문화적으로 가치가 있는 것은 바로, 무수한
이야기를 품고 있는 흔적을 고스란히 간직하고 있기 때문
이다.

4. 이국의 장소들–문화제국을 꿈꾸다

우리의 일상이 이루어진 공간들은 특별한 시간의 무늬
를 통해 문화적인 장소로 거듭난다. 이와 달리 처음 만나
는 낯선 풍경들은 그 공간 자체가 하나의 이야기를 만들
어 낸다. 이런 이야기들이 반복됨으로써 그 공간은 하나
의 '패턴'을 형성하게 된다. 패턴이 일종의 플롯으로 작동
하면 낯선 공간은 특별한 의미를 발산하는 장소로 거듭날
수 있게 된다. 이 시집의 뒷부분을 장식하고 있는 시편들
은 우리나라의 풍경이 아니다. 그중 한 편을 만나 본다.

하늘을 향해 굽이굽이 아득한 길
산과 산이 겹쳐 있어 구름이 비켜 가고
수천 년 설화를 간직한 채
흰 연기 모락모락 피어오르는 태고의 고향

오늘, 동방의 나그네가 길을 가네
갈꽃 넘실대는 평원을 지나
흙먼지 날리는 자갈길을 걸어
산비탈에 걸친 바위를 거슬러 거슬러

나그네의 마음은 바쁜데 계절은 더디게 흘러
속세의 시간은 아랑곳없이
너덜겅 바위 틈새 안개 속살을 헤집고
오뉴월 철쭉꽃이 늦봄을 붉게 수놓네

가랑비 한 줄기 광활한 초록 바다를 적시듯
땀방울로 맺혀 하나 된 산줄기
오래도록 머물고 싶은 추억의 묏부리여
천팔백 고지에 웅지의 깃발을 높이 세운다.

—「구주산 가는 길」 전문

다른 나라의 영토를 우리의 것으로 만드는 것은 불가능에 가까운 일이다. 정치, 경제, 군사적으로는 불가능한 것이지만, 문화적으로 영 불가능한 것만은 아니다. 가령 일본 규슈지역에 위치한 '구주산'을 일본어로 노래한 시편이 100편이고, 한국어로 노래한 시편이 1,000편이라고 가정한다. 문화적으로 '구주산'은 우리의 산이라고 하는 것이 아예 허무맹랑한 주장은 아닐 것이라는 말이다.

이러한 꿈이 실현되기 위해서 시인들은 낯선 풍경과 만날 때, 앞세울 수 있는 다양한 플롯을 제공할 수 있어야 한다. 가령 선경후정先景後情이라는 내용의 배치나, 기승전결起承轉結이라는 형식의 흐름 등이 창작의 노고를 반쯤 줄여 주는 대표적인 '플롯'이라고 할 수 있다.

「구주산 가는 길」에서도 하나의 흐름을 읽어 낼 수 있다. 이 시는 하늘 곧 공간에 대한 묘사로 시작한다. 하늘 풍경은 세계 공통의 것이 분명하다. 그리고 시간이 지나는 땅에 대한 묘사가 이어진다. 그 땅의 풍경은 인간의 마음으로 이어지면서 특별한 변주를 이룬다. 이러한 구도는 낯선 장소를 만날 때 매우 유용한 플롯이 될 수 있다. 「몽골시선」의 시편들이 이러한 가능성을 한껏 높여 준다. 낯선 풍경은 '바람', '빗물', '초원', '별'이라는 공통의 것을 통해 우리의 언어로 스며들어 온다. 「빗물의 노래」

를 들어본다.

바람보다 먼저 나그네를 반기는 이는 하늘의 빗줄기다
빗줄기는 조용한 울란바토르 도시를 적시고
번화가 백화점을 오가는 사람들의 우산 위에
혹은, 희미하게 깜박이는 신호등 불빛에 어리거나
오랜 고궁의 뜰과 처마 끝을 타고 내려와
톨강으로 흐른다
메마른 대평원에 내리는 빗물은 축복이다
땡볕에 시들어 가는 초원과 야생화에 생기를 불어넣고
목마른 말과 소와 양들의 젖을 풍요롭게 한다
빗물은 초원에 손금 같은 가느다란 실개천을 만든다
초원 사이로 흐르는 개울물은
유년의 고향 들판을 떠올린다
그리고
팝송 「the river in the pines」을 들려준다
초원에서 만나는 빗줄기는 추억의 강이 되어 흐른다.

－「몽골시선 – 빗물의 노래」 전문

'빗물'의 공감대는 '울란바토르', '톨강'이라는 이국의 지
명과 어울린다. 하늘에서 빗물이 내려오고, 땅(도시, 고

궁) 위로 흘러 강을 이룬다. 그 사이에 메마른 것들이 목을 축인다. 이것이 공간-시간-인간(생명)으로 이어지는 가로의 흐름을 형성한다. 여기에 시인의 '유년의 고향 들판', '팝송 「the river in the pines」'의 멜로디가 솟구쳐 흘러나온다. 가로의 흐름과 세로의 흐름의 직조를 통해 처음인 무늬가 돋아난다. 이렇게 시의 풍경을 만드는 다양한 방식들이 시인들에 의해 제공되고, 그것을 앞세워 더 많은 사람들이 낯선 공간을 특별한 무늬로 노래할 수 있을 때, 우리는 가장 광활한 문화제국의 영토를 꿈꿔 볼 수 있을 것이다.

박지원은 『열하일기』를 통해 많은 사람들에게 여행을 꿈꾸게 하고, 글쓰기를 부추겼다. 그 힘이 새로운 시대를 열었다. 우리 시대의 시인들은 유럽의 심장부나 아프리카의 초원 등을 가리지 않고 나아가 시를 쓸 수 있었으면 좋겠다. 나는 이것이 국가적인 차원에서 시행되지 않을 이유가 없다고 생각한다. 항공모함 한 대를 축조하는 데 10조 원이 넘게 든다고 한다. 이 돈이면 수천 명의 시인들이 세계 곳곳을 여러 해 동안 마음껏 누비며 원 없이 시를 쓸 수 있다. 세느강이, 킬리만자로가 문화적으로 언어적으로 예술적으로 우리의 것이 되지 말라는 법은 없지 않은가.

5. 변방의 매력

직립보행을 하게 되면서 인간은 기도가 열렸고, 여유분의 숨으로 말을 얻을 수 있었다. 또한 '손'을 쓸 수 있었다. 이것은 인간을 동물로부터 분리해 문화를 갖게 하는 데 결정적으로 작용했다. 반대로 좀 더 자연에 다가설 수 있도록 새로 열린 것이 있다. '귀'가 바로 그것이다. 낮이나 트인 곳에서는 시선으로 길을 찾고 위험도 감지할 수 있다. 그러나 시선이 막히는 곳, 어두운 밤에 온 신경을 집중해야 하는 것은 '눈'이 아니라 '귀'다.

보이지 않는 것을 제대로 보기 위해서는 눈을 감고 귀를 열어야 한다. 그래야 다른 사람의 마음, 사물의 내면, 변방의 고요를 제대로 만날 수 있다. 박준수 시인의 시편들은 눈으로 쓴 시가 아니라 귀를 열어 담아낸 것이라고 할 수 있다. 그런 시인이 이순耳順의 연치에 이르렀으니, 시는 더 넓고 깊어질 것이 분명하다.

시인은 귀를 열어 사물과 더불어 시를 쓴다. "끼룩 끼루룩/잃어버린 문장이 떠오르기를"(「매물도 갈매기」) 기다리며 변방의 풍경들을 아우른다. 풍경은 사물의 언어로 채워져 있다. 그 사물들과 어떤 인연을 맺느냐에 따라 우리는 짧은 일생 동안 다양한 이야기를 남길 수 있다.

이야기와 더불어 사물의 공간, 공간의 사물로서 풍경은 '장소의 유물'이 된다. 1970년대에 10대, 1980년대 20대…… 2010년대에 50대를 도시에서 보낸 이들만큼 급격한 풍경의 변화를 경험한 세대도 드물 것이다. 생생한 공간 체험들이 고스란히 언어로 옮겨질 때, 우리는 무수한 장소의 유물을 도시 공간에 품을 수 있다. 「초원파크」를 앞세운 발산마을의 시편들과 함께 장소는 문화적 유물로 거듭난다.

마음의 자락을 헤매다 보면 더러 시를 만날 수 있을 것이라고 생각한 시절이 있었다. 시인이라는 사람들은 그렇게 멜랑콜리에 빠져드는 것이 자연스러워 보였다. 그러나 이제 삶과 이격離隔된 언어들을 넋 놓고 바라봐 줄 독자를 만나는 것은 쉽지 않게 되었다. 세상의 변방, 생활의 이면, 삶의 그림자를 부지런히 더듬어 스스로 몸에 얼룩무늬를 남기는 최선의 생활자만이 대중과 함께하는 좋은 시를 쓸 수 있는 시대다.

이렇게 구체적인 삶이 약동하는 변방에 대한 사랑을 이순耳順의 연치에 이르러서 한층 더해 가는 시인이 박준수 시인이다. 나이 들어가면서 육체의 몸은 초라해진다. 반면에 추억과 경험을 더해 가는 몸은 이야기의 장소로서 한 다발의 꽃처럼 풍성해질 수 있다.

꽃의 마음을 어떻게 다 알 수 있을까! 향기가 널리 퍼지고 그 색이 빛을 발해 시선을 끄는 것은 꽃의 하나같은 마음일 것이다. 그래서 꽃은 중심에 피지 않는다. 가장자리에 피어서 자유롭게 흔들리고 싶어 한다. 한가운데 피는 꽃은 웃자라야 겨우 자신을 드러낼 수 있다. 그런 꽃의 줄기는 약해지고 잘 넘어진다.

우리는 어느새 그 드물다는 '다수(茶壽, 108세)'를 살 수 있는 시대에 접어들었다. 중심은 한 점이다. 그 점에서 이룰 수 있는 변화는 매우 한정적이다. 변두리로 갈수록 변화는 기하급수로 늘어난다. 나이가 들어갈수록 변방을 그리워하는 것이야말로 '인지상정' 아닐까!

박준수

1960년 광주에서 태어나 전남대학교를 졸업하고 석사, 박사 학위를 취득했다. 지방 신문사에서 32년간 기자로 활동하면서 시집 『길은 맨 처음 간 자의 것이다』, 『어머니의 강물』, 『노천카페에서』, 『추억의 피아노』와 다수의 인문서를 펴냈다. 전남대·광주대 등에서 글쓰기 강의를 했으며, 현재 광주매일신문 대표이사로 재직하고 있다.

e-mail｜pencut@hanmail.net

들꽃은 변방에 핀다

초판1쇄 찍은 날 ｜ 2020년 9월 15일
초판1쇄 펴낸 날 ｜ 2020년 9월 25일

지은이 ｜ 박준수
펴낸이 ｜ 송광룡
펴낸곳 ｜ 문학들
등록 ｜ 2005년 8월 24일 제2005 1-2호
주소 ｜ 61489 광주광역시 동구 천변우로 487(학동) 2층
전화 ｜ 062-651-6968
팩스 ｜ 062-651-9690
전자우편 ｜ munhakdle@hanmail.net
블로그 ｜ blog.naver.com/munhakdlesimmian

ⓒ 박준수 2020
ISBN 979-11-86530-94-8 03810

• 이 책은 광주광역시 · 광주문화재단 의
  2020년도 지역문화예술특성화지원사업으로 지원받아 발간되었습니다.